生きているものはいつも赤い

高村而葉
takamura jiyou

思潮社

生きているものはいつも赤い

高村而葉

2005 – 2023

生きているものはいつも赤い

I

パプーシャの家

追い立てられて、鞄たちが逃げ惑う
それぞれが大事なものを内部にしまい込んで
居場所がなければぼろぼろになってしまうから
家から家へ、歩いている

パプーシャ、空がまた小さくなって、家はもっとずっと狭くなった
他人になってしまった人の言葉は、どうして遠いのだろうね
生きていること以外ほとんど、丘の上で吹き飛んで
残されているのは鞄ひとつ

喉の奥から手足の先まで根が張ったまま
自立してよどみなく動く身体は
記録されないものばかり追いかけて
疲れ果てているのに、まだなにも知らない
かつて家だった見晴らしのよい場所で
寝転ぶことすらできないのはどうしてだろう
それでも帰りつづけるしかない人々は
切れた糸と糸を結んで
不思議な日の、朝か昼か夜か
糸を通す手がぱたりと止まるまで
はたを織るようにして歩いて過ごすのだ
「いったい健康な人間はどこへ行ったのか」
そうつぶやく亡霊にあいさつして
過去の結び目を読む

忘れられる人はいつも
自分の時間を生きている
その強さが欲しくなっても、決して奪ってはならない、と
忘れないように時計を確認して
傷つき、日焼けした、深い光沢のある鞄を見る
生きていればどのような鞄も
関連する過去すべてが染み込んで
語ることなく、独特の風合いをかもすのだ
そんな沈黙は
轍の輪の中にあることも忘れないようにして
受容する生地に触れる

パプーシャ、記録される時間に結んだ、あなたの純粋が奪われて

それでもあらがおうとはしなかった、として
鶏を盗んだやさしい手はきっと、小さな部屋の小さな窓を閉めて
どこまでも家を目指しながら
動かないことを今日としていた、だろうか
窓辺に置かれた人形には、大きな杭が打ち込まれて
でも、逃げてはいたのだ
自分の時間を歩いて
今日は届かないと知っていても
風景の変わり目にみずから杭を打った、だから
その忘れられる時間を
鞄の中にしまって
次の家へと
すべてのやさしい手はいつも震えて
傷んだタオルのような複雑さで世界を拭く

その手を信じて
結び目を読む
あなたはそこにいた
まだしばらく歩いていられる

静かに生きる人の姿勢で

ひとりで立っていると
知らぬ間に、軽くなって
生まれる前に吹いた風で飛ばされる
そう信じてしまったら
静かに生きる人の姿勢で
ひっそりと
心の谷へおりる
それは決して正しい手順ではないが

奥底でゆれる、中心の橋を渡り
もうひとつの灯りをもらう
静かなものは見えにくい
闇を被ればなおさら
だから、暗い場所にはその灯りをもって入る

全身の水分がありあまって外へ流れ出る、まだ若い祖父たちが
広さについて思案していたのは
見つめるものがあまりにも脆く思えたから、か
大通りを走る車の音が、裏通りまで響く、夜だ
誰かとすれ違いつづける、ダンスに似た不穏な動きを
知っている
寂れた町の煤けた路地を、知っている
細長い夜を歩く二本の足を、どうしてもっと伸ばせないのか

深く打ち込まれた竹に躓き、水を浴びて
過去の広さに立ちすくむ

子供の頃、裏庭で掘り出した手榴弾の
ずっしりとした重さと、金属の冷たい感触、その記憶
暗い庭の、湿り気のあった土の匂いさえ憶えている
あれは、本物だったのか、偽物だったのか
いまとなってはわからないが
隅々まで眺め回して、そっと穴の中へ戻して、また取り出した
結局は遠くのドブ川へ放り投げて逃げたのだった
それが爆発するのではないかと想像していたのは
単純な恐怖心だったのか
それとも
奥底にある、興奮だったのか

静かに生きる人が、声も響かない広さを見つめた
その厚み、その重さ
足を伸ばして、血を巡らせなければならない、けれど
空いた席に座り、残された熱でヒヤリとする心
ここに誰かがいて
ひそやかに歩き去ったのだ
体温と記憶の断片は奥底に沈む、そこで
手榴弾を投げたわたしが、火に囲まれて立っている
煤にまみれて善人にさえ見える
でも、その表情は嫌じゃないよ
席が冷めるまでは、ふたり
もうひとつの灯りを翳す

新しいひとつの謎になる、わたしたち

蜂蜜は花を目指す
　わたしは、花がいまでも花のままなのか知らず
　　強くにぎった手を
　　　ずっと見ていた
部屋のどこからか聞こえる、羽音と足音に耳を澄まして
ゆっくりと、手を開く

彼らは帰ってきた

いくつもの視線を撚り合わせたロープ、のような
　しがらみに心とらわれて
　　彼らを見る
手であるものを足として使われ、突き落とされた彼らだ
　その、ぽっかりと空いた穴に
いつまでも枯れない
　不機嫌な純粋はあふれる
　　この湿り、蜜でも油でもない、古い味だ
　けれど、恐ろしく複雑に巡る
彼らの自然な歩みは燃えあがる
　　生きている、彼らは
濡れた体を奇妙な冷たい火に押しつけた

お帰り、と言うべきだろうか
　蜜蜂の迷うこの部屋が
　帰るべき場所だとは断言できないが
見えるものだけに頼るな、と瞼の裏に書けば
にんげんと人間の差がそれほどないことを知る、知らされる
　知っている、世界中の様々な場所で
　　蜜蜂の群れが失踪して、それから
二度と戻ってこない、その事実
　風の中に証人はいないのか
ざわめきが吹き抜ける、頭蓋の中は深い山
　不可思議な力で剝がされていった花びらを
もう、探さなくていいように
　花が花のままであるように
　　蜜蜂のまだ知らない花、その弱さを

あるがままの姿で受け入れたいと願う
彼らは帰ってきた
人間の深い穴から
忘れ去られたものを踏み越えて
蜜蜂が迷い込んだこの部屋へ向かって、歩いている
すべての閉じられた戸の中を
謎に満ちた風の終着点とするために

――お帰り
手と手が伸びて
触れて、触れ合って
渦巻いて
新しいひとつの謎になる、わたしたち
蜜蜂は花を目指す

だから、開いた手を
もっとずっと見る、見せる
――人間は、薄暗いね
わたしたち絡み合って
穴の底へと
ロマンスのように落ちてゆく

遠くの顔をなぞる

国から遠くはなれて
食欲を誘わない美しい魚を商店街で見た
さびしい流れに囲まれた、鮮やかな色の魚を
見たのだ、あの飛び地
魚はただ魚へたどり着き
生臭く美しい身を横たえて
なにも待っていない無数の口を開いていた
その沈黙を裏返すように

一斉にセミが鳴いた真夏日
魚の生きてきた歴史、セミの振動を感じて
長い記憶の先頭を歩いていたのは
すべての顔が、違う表情をしているから、なのか
真夜中に画面越しで話す恋人たちのように
遠さを忘れて
顔を確かめねばならぬ
「あなたはどこから来たのか」
閉ざされた裏木戸で、発作的に声をかけて
しなやかな顔をなぞる
豚耳の毛を剃るようにそっと、沈黙を描く
すると、口に出されることのなかった言葉だけが
先へ先へと泳いでゆく
魚もセミも泣いていない

ただ、鳴いているのだ
ぼんやりと立ちつくしていた、薄暗い台所で
描いた沈黙を裏返して
夕飯のことを考える
そうだ、商店街で鮮やかな魚を買ったのだ
声を出して人を誘ってもいい
記憶よりもずっと深いところで
鮮やかな魚の顔を見る

彫り込まれた、本を開いている

己の肉を彫る男に
初めて触れたと感じたのは
あまり肉を食わない、と聞いたときだった
夜は悪いことをする
そう笑う男の寂しげな口許
背中の刺青は途中で頓挫したまま
輪郭だけが、ぼうっと浮かんでいた
肉へ色をつけることで完成するものは

なんだろうかと家路で
有り体にいえば肉と契っているわれら
肩ならべ見得を切る、眼球の運動
肉の洪水に怯える
地底から木魂する声
地上の夜を串刺しにして、ならば口開け
売られた女の叫び声を聞く、含めわれら
そういった放埒なものを追跡して、いる
捕まえるたびに化ける
群衆の呼吸を縫うようにして
群衆が一斉に歩き、走る
動くものは皆探しているのだとする
安心しな、と顔ではない顔は請け合うが
立ち止まり見あげれば庇護か幽閉か

優雅な蓋が圧迫する、内臓を取り出す
肉も魚も本当に旨いのは内臓だというが
　　食してみなければ判別できぬ、ほう
肉との契りは真に深く鈍く迫るもの
　　蓋の衝撃が内臓をゆるがす
　　　内的器官の損傷は命にかかわるだろうが
衝撃に耐えられるほど強靱であろうか、柔な
もっとも柔らかなものを秘めている、われら
　　追跡せよ
夜には悪いことをしなければならないとする
　　男の刺青を辿れ、深く底へ
無味無臭の根の、さらに尖端を齧る
　　それを酒の肴にでもして
　　　隣席の祈りを知れ、遥か彼方

根の先端は、やはり、根の先端だ
　　幾千万の夜の記憶
総毛立つものらを燃やして輝く
燃やしてしまえばもう縮むこともないだろう
化けるもの、根が手招きする、また現れる
　　異常さを欲しているものよ、触れよ
刺青の背中に、肉に、平静な矛盾に
　　そして
彫り込まれた、本を開いている
紙で手を切る、滲み出るもの
いま、最新の傷をもって
　もっとも柔らかいものに触れる
　　それがもたらすものよ

エミリーには薔薇なんていらない

ある日、陽ざかりの中へ出てゆくことを想う
エミリーの閉ざされた家からの道
時には充足する空気を忘れて
足裏に固いものを感じていた、それから
空に大きな柱が立っていて
それらがところどころ光っていることを
知っている人はどこにいるのだろう、かと
○と×の間に　△　そして、と

ノートに記していた
エミリーは本当に可哀想だったのか
それとも存在そのものが
否定されていただけだったということか
柱からなにかが飛び立って
夕陽を背景として叫んでいる
いま起こっていることは
いまだけのことではない
エミリーの求めていたものは
自らも腐敗することだったのだ、ろうか
靴に入り込んだ棘に遊撃されて
傷が癒える間もなくまた傷ができる、そうして
癒着しようとする棘をあやしていると
つるつるとした大きな玉にのって

演説している人物を発見する
「夏服は軽く、冬服は重い」
当たり前のことにおどろいて、はて
どうしたものだろうかと玉を押した
転がりながら消えることは容易い、けれど
エミリーは世界から隠れようとしていたのか
忘れてはくれない人々の前で
トルソーのように立たされて、それでも
一生をかけてあがったのだ
輝くばかりの空へ幕をはり
皺のない広野で
確かに、影を蒔いて発芽させた
ほら、皺だらけの荒野では
不思議と思い通りに動く手

そのメカニズムを知りたくはない、しかし
通り過ぎてゆく人が
大声で答えを披露する
聞きたくないんだ
耳をふさいだ手の隙間から
思い通りに動く手などないことを
知らされる、エミリー
あなたはやってのけたんだ
この世との複雑な取引を
どこまでも接近することを
動かない手を動かして
やってのけた
エミリーには薔薇なんていらない
エミリーのことは忘れてやってくれ

2

無重力のための習作

できるだけ姿勢を低く
保つべきだと考える
そして　頭を前へ突き出し
できるだけ斜めに立つ
と　コップの水がこぼれるように
血がこぼれ落ちて
渇いた地面の亀裂がなくなってゆく

ぼくの足裏と地面との境界が
デジタル化された抽象絵画みたいで
笑ってしまう
から
ボルトで補強しなければ
ならない
ベラベルト方式の
新しい足というわけだ

もうすぐ
地球が傾き
海が滝となって
宇宙へ落ちてゆく
と　ひとつの湖になる

課題1

血が固まる前に
斜めからの視線で
無重力空間を
見知ること

課題2

角度の重要性を熟考し
笑い飛ばし
また熟考すること

課題3

血が固まる速度を

知っているそぶりで
吹聴すること
その後　落胆すること

傾いた地球から
転げ落ちてゆくもの
を　受け止めるべきか否か
考えていた
ぼくの
鼻先を掠めて
とてつもない速度で
落ちてゆくもの
を　薄目で見ている
時

いつまでも尽きない今日が
ベッドで混じり合い
光の玉を弾く
気配を感じた

課題4
それは足です
と　若い機械工に
やさしく言うこと

課題5
顕微鏡で湖を覗けるか
確かめること

課題6

自己流の足であること
を　悟られぬほど
精巧に細工すること

まぶたに
光がほしい
と　いじけている
闇の隙間に
ぼくの生身の手を
滑り込ませる
と　無重力の湖畔が見えた
ぼくがそこに
辿り着くことは

ない
というのは
多分
嘘だ

最終課題
嘘つきなこの口を
使い慣れたミシンで
手早く
縫い合わせること
そして
返し縫いを忘れぬこと

バサッバサッと、心臓が鳴った

バサッバサッと音がして
　鳥かと思えば心臓だった
　　という、漠然とした不安
　　　飛び立つことのできない鳥を胸に宿して
　　　　認知する空間を歩く

籠の外では飢えた獣が唸り声をあげているよ
　できるだけやさしくなぐさめて

飛び出さないように
そっと手をかざす
その足元には
知らぬ間に蟻の塔
踏み潰して
出入り口を見失った蟻が、わたしを
叱っているのか、噛みついてくる
積みあげたものはやがて崩れるものだろう？
わたしは反抗的な態度で言い訳をして
迷い込む、ここがどこかもわからなくなって
なにかを信じることが難しくなる
見あげれば斜陽
鍵を挿して回せば開きそうな穴に
深爪の指先を押し入れる

複雑な痛みがあれば、もちろん鳥は鳴く
　天と地の両側から
　しなやかに振り下ろされる裁きの斧で
　　未熟な羽毛を剝かれつつ
　　鳥は、鳴くのだ

　そしてバサッバサッと
ひどく若い呼吸で下る、ありふれた長い河
　行進していた蟻と共に
渦巻く流れに飲み込まれ
　ちぎれ、ちりぢりに、なって
　　沈んでは浮き、浮かんでは沈んで
　なにかがずれる、その間隙に

カミナリが落ちる
一瞬、すべてが見えたかと思うほど明るくなって

当然、すぐに暗くなる
あらゆるものは嵐の中
見えても見えなくても、ぶつかれば変化して
蟻が運ぶのは死んだものばかりだ
それは静かに、逆回転している
バサッバサッと、心臓が鳴った
わたしは生きている
だから、死者の代弁はできないのだ、蟻たちよ
いつまでも古くて新しいわたしたち
この口は、渦巻く河の流れを飲んで
吐き出して、息を吸う
やがて、鳥も河に溺れる
蟻が鳥を運ぶ、どこか深い場所へと

盗蜜する長い猛者

水滴を弾く生地がわずかに光っている
　そう感じるのは
　　コーティングされているからか
人間の体には蜜が薄く膜をはっているので
　接触すると、甘い香りがする
ことが、あるとする
　と、立ち現れる、猛者よ
　　未確定の夜と朝とが

のそのそと、血と角を生やす
徘徊する亡霊の背中に突き刺さっている針、を
抜いてやれ
長い猛者の連なりが軋む
強大な胃袋にあらかた詰め込むことが、できる
とする、その口からあふれ出るもの
ぼくの蜜を返してほしい
懇願ではなく、そっと囁く
羽音の中で、時折
死んだ虫たちの魂を発見する
「床に散らばった書類を整頓せよ
なぜというに
人の世は乱雑さを糧として
吸収、連結、拡大、をスローガンとしている」

猛者、長い猛者、その軌跡
街角の吸い殻を拾って吸うことを拾い集めよ
ということか
ぼくの蜜は盗まれる
結晶の輝きは
光の中でしか存在しえない、と
花束が投げ込まれる処理場で
血と角をもって
嘆きを聞き漏らさず
ひとつの魂の行方を追う
庭園の石を探して配置せよ
宇宙など知らない
いや、知っている
それは、肉体を支える内奥の微細なゆらめきか

闘技場に刻まれた無数の嘆きの足跡か、あるいは
掻き毟る手の指の爪の間の剝がされた皮膚か
　　知らなければ感じなければ感じれば
　盗まれる、ぼくの蜜

さらば！
すべての旅立ちよ
永遠に中立な猛者の腹へ
漬け込まれた沈黙から出発して
涙が滲むなら水の中
息をせよ、さらに、息をせよ
ぐるぐるに巻かれてねじれたシールドを伸ばして
音を鳴らせ
ということか、猛者
すべてを舐めゆく、長い猛者！

おまえのぬらぬらとした軌跡に
蜜のあふれる体が溶けてなじむまで
嘘も本当も舐めるがいい
ぼくらの心はびんかんなマッチ
燃える束の間
世界は照らされる

青白い電気が、美、美、美、と走った

土から母乳を吸いあげる
なんだろう、この殺されたような味
雨に命でも含まれているのか
心がざわついて
欲しくもないのに盗んだ
祖父の傘
開いたら、古い埃が舞って
静かな場所なのに、くしゃみがでそうになる

それは
　大男が力まかせに振り回すものだから
　　投げ飛ばされて
着地を迫られる象徴的なシーンと同じ、だろうか
　　沈む今日に、電気が走る
黒光りする必然を装って気に食わない
　　気に食わないんだ
　と、言ってやれ
美、美、美、
　　青白く美しい日々の
　泣きはらした目から落ちる真珠
　　　が、ノートを打つ
あらゆるものを欲しがって
　　人々は交わる、本当は

泣いてなんかいない、のか
打ち捨てられた部品を無理やりつなげて
電気を走らせて遊んでいたい

美、美、美、
感じたしびれを
秩序ある音楽にして
傘のほつれた縫い目を
繕うことに没頭して、いるときにも
なにかが燃えているって、通報がある
訳知り顔の生意気な子供が
これは軽いんだよ
これは重いけどよく燃えるんだ
マントをひるがえして小走りに去ってゆく
そのまま、どんどん大きくなって

沈んで消えるんだ
さよならって
言っても言わなくても、ね
灰が舞いあがる
電気を帯びて
くるくる回転しながら
突き抜けた
美、美、美、
それら、を、見あげて
目がくらむ、はなればなれに
異質はいつも計算され
一定の結晶を取り出された後、焼却される
昨日を

遮断しようとする新しい日
眉に唾をつけて
大胆に肖像を描く
その鋭利なキャンバスで
土手を一気に滑り降りて転がって
陽光に晒されながら
いつでも観念に身悶える
喘ぐ炎になって
灰になって
舞いあがれば

この円陣は誰のためのものか

大事だと思っていた帽子が飛ばされてから
いろいろな卵を割ってしまった
それから季節が変わって
冷たくなった頬に石が投げられたりもした

動くな！　と言われてから距離を考える間に
強い日差しで後頭部を灼かれて
裂けた頭から断絶があふれる

そのまま、裂けるがまま、でも、離れない
断絶、のけぞるようにして背後を見る、と
取り囲む、がっしりとした腕のカラビナ
ただならぬ円陣、その庭

いいかい、このまま動くよ
あと百年ぐらいは投げられた石の波上を
流されるままに
動いてやるさ

これが対立だとしたら凍える
円陣、その庭を
ギィーギィー鳴く自転車の
主張をやさしく踏みつけながら進む

大事に乗っているのにどうして壊れるのだろう
吹き込む風に、庭木の葉もさんざめいて
目と耳がいそがしい

木よりも葉を信じよ
という仕事は困難だから
頬をふかふかとして
投げられた石を受け止める

これが和解だとしたら凍える
円陣、その庭で
崖の表情で、樹海の表情で
石がピタリと静止するまでをじっくりと眺めた
――この円陣は誰のためのものか

ぶつかると円を描く石
それを庭から取り払うことができない

そのまま、ゆれつづける

「私の有する最も古い記憶は階段である。行く手を阻む、奇妙に連続した段差、そこを駆けあがる女性の後姿……生まれたばかりで、這い回ることも、言葉を理解することもできなかった頃の、くっきりとした記憶……。それは無力な状態で、感覚だけが支配する時期だった。あの階段を前にした記憶を、感情に置き換えるとしたら……『絶望』だろう。けれど私は泣かなかった、という。震えるほど

の衝撃が、ひとつの点体として存在する私を
自覚させて、黙らせたのであろうか」

重い歌声が耳障りな小部屋「　」で
　　　　　　　　　　　　　耳を塞ぐのは
健康であるからだと思っている不健全な心
――――――――――重刑！
　心はどこまでも引っぱり下ろされて
　　その脱出を妨げる重さに
屈折　る　粒　　混　　る
　す　　　が　　　乱
　　子　の　束　す
　　　時を失速させる密度が点体を焦がす
私の中の幾億の私たちの失敗

私たちが間接的に滅ぼしてゆくもの
振動する波打つ点体、その
輪郭の定まらないぼんやりとしたさま
いまもって解明されない動きで
紐をつなぐものたち
そら！　途端に絡まって重力が増す
――――――――――――重刑！
たわむ紐に強制される動き
獅子を被る容易さを拒む弱い力で、刑を望む
――――――――――――――――――重刑！
つながれた紐は熱狂的に動く
悪を裁く、これぞ正義、との喝采を

血に飢えた獅子の群れ、と
軽んじることができないでいる心
こころ、ゆらぐ
話す、離さない、で、歩く、生きる
重力が奈落で笑う、恐怖
その歪み
総体としては動かぬものたち
枝分かれする点体、それぞれの重さ
あなたがいることが悲しい、と
波打てるか
私がほどけるように
もう一度生まれるために
ゆれる
そのまま、ゆれつづける

3

山の目

山の目に映るのは、わたしの村
自然の中で生まれて、切り拓いた
わたしだけの、村
　　目を閉じれば
　まぶたの裏から村人がやってきて
　顔もないのに小判をくれる
わたしは怒っていたのか
村人は道化のふりをして、目の中でおどける

それは、現実の表面に足跡を残していって
ざらざらとして尊い、でも
当然、日は落ちるから
体を休ませたほうがいい、あなたも

山の目が急に鉄の目になって
遠くを見ている
色彩の交わりに鋭い視線を投げて
暗いままだった夜道に光が現れたから
そこだけが明るくて
囚われてしまう、わたしは
安堵の表情を照らされる恥ずかしさで
焼け落ちる

働き疲れて酒を飲み
夜ふけの湿った土の上で誰かと
寝転んで熱を冷ましていた
　それは喜びだったが
　共に不幸であることの喜びと
　わたしが不幸であることの喜びは、違う
間違わないように酔いを醒まして
無縁仏に手を合わせると
土からにゅっと伸びた手が
体をしゅっと突き抜ける
どうしてだろう、あやふやなものがこぼれて
変わらない風景が浮かぶのは

　鉄の目が急に光の目になって

皮膚の内にあるものを透かし見ている
めまぐるしい色彩の濁流に
わたしは荒らされ、果てしなく流されて
何度も渦に飲まれる
悠久の疲労
しっかりと草花を見るために
山の目を歩く

村は寒くなったり暖かくなったりして
行きかう旅人たちは休まない
わたしは、父も母もいない山を、ぺたぺたと歩く
　疲れたら
　湧き出る山の清水で
　乾いた喉を潤し、汚れた顔を洗うのだ

ほら、川面にゆれる濡れた頬を掠めて
山の草花が流れてゆく
かすかに香りを残して、流れ去る
いってらっしゃい、どこまでも
朽ち果てるまでは
そのままでいられるから

山の目のかなたに
大きな光る蛇が落ちて
ここ、そこにいるわたしたちが
目の中で叫んでいる

絞める手を疑うこと

恨みと妬みがなくなる前に
ノートに大きな円を描く
すでに知ってはいるが、囲まれていること、を
自覚するためのレッスンで夜が明けて
幾度となく染まってきた空の
朝焼けの赤さにおどろいて窓辺に立つ
見たくないものが目に入って、泣いている訳ではないが
視界がぼんやりとして

窓の向こうは、危ない景色
日常の強度を確かめるには
純粋が離れて、戻るまで
絞める手を疑うこと
それから
円のなかで頭を低くして
風呂の湯を沸かし
境界線の冷たい床に座る

存在の生々しさに触りたい、と
現実の隙間に手を滑り込ませて
痙攣するまぶたを閉じる
わたしたちは、生まれてすぐに泥まみれ
冷えた体をぶるぶると震わせて体を寄せ合う

としても
完全に重なり合うことはない
けれど、同じ夢を積み重ねてきたからか
散ってゆく花に向けられたカメラの群れが、笑っていて
わたしも笑っていたのだ
その自然さに
ぞっとした

わからないことだらけでも、朝ごはんを食べて
知りたいこと以外を知ろうと
円の境界に座り、触る
それから
冷たさが痛い、そう感じる心を円の外に置いて
内に戻ってくるのを待つ、と

ふたたび寒さは
末尾の気配に染まった頬を、風と共に叩くだろう
その冷たささえも
わたしたちは、立ち止まらない
もっと先の境界にまで届きそうな
痛みの予感を
胸に秘めながら

円の境界を越えて
わたしの喉元で震える無数の手
朝焼けに照らされて
隠していた筈のものが、浮かびあがる
生きているものはいつも赤い
ノートにそう書いて、できるだけ大きな円で囲む

この手は、どこでなにを絞めているのか
ゆっくりと
指の力をぬいて、空洞をつかむ
風呂の湯はまだ沸かず
いまはただ
すり減った床に座り
あなたが生活してゆくことを祈るのが楽しいです、と
反抗的に窓を開ける

いい感じに開く

人を迎え入れる、負けない夜だ
木を彫って木をつくる、スーさんの透きとおる声を聴いて
わたしたち、今夜は寝ないで待っている
テーブルの中心に月を置いて
扉はひとつしかないから、間違いっこない、決して
沈んだ石が浮かばないように、と、ここで喧嘩になって
　　月を迷う
この夜は二度とこない、すべては同時に行われるから

困ってしまう、スーさんは熱いお茶が飲めない
ゆらゆらとあがる湯気に鼻をあてて
息をふぅーっと吹きかけるたび
転がり落ちる月にクレーターができる、ふいに
風景はにべもなく変わる
そのつれなさに悪意はない、ないけれど
噴水装置と水のような親密さで
まだらに濡れたわたしたちを射す、青い光線、あっ

月を迷う

スーさんはとても慕われている
後頭部を殴られても崩れない、みごとな構えでノミを打つ
飾り扉をつくる合間には、見たこともない生き物を彫って
名無しのそれらは棚にうずたかく住まう
そこからはみ出した羽や牙や尻尾

ゆるゆると寄せて、寄せて
新しい場所をいい感じに開く
いい感じ、が、いちばん馴染むのだ
月もそのように扱うか
転がり落ちないようにアポロ11号を挟み込む、けれど

月を迷う

いつまでかわからない、わからないが
やがていい匂いのする扉から
野山を駆け回っていたウサギがやってきて
世知辛い世間話をしながら
肉づきのよい、その身に
いっさいがっさい彫られるんだろう
ご苦労なことだ、ね、スーさん

すべてが月になる前に
浮かぶ満月に、額を押しつける
ウサギ、居を得て喜び跳ね回り
スーさんは余念なくノミを研いで

銭湯平野

木綿布の女は町を洗う
木綿布の男はといえば、体を洗うのだ
垢のたまった皮膚から、龍が昇り、虎が躍り出て
女の忍ばせる蝶よ花よ、火の鳥よ
くり返し洗う、しいられたわけでもなく
まかせたぞ、よし、まかされた
シャバシャバな、湯を煮つめる、その勇気
差異あらばそこに壁あり

よせ、壁を崩せば湯は冷える
なんのことはない
服を着る、より多く、より丈夫な服を
毛が増える、より深く、毛むくじゃらに
だからだから
遠くのものが崩壊するとき
木綿布の男女は興奮する
どうしようもなく、木綿布が湿り、しめつける
裸の心、これは
平野を満たす湯気のよう
立ち昇っては消える湯気のようです
わぁ
泡立つ子供が走り回る
銭湯のタイルは滑りやすいから、むんずとつかみ

湯船にひたらせ、命の洗濯、形式として
ではなく
勢いよく、湯深くわけいる、自由形で
ああ生きているという、力のみで
壁と壁を関係させながら、体を洗いつづける
龍よ花よ、欲情する木綿布よ
壁には富士山、銭湯平野
湯気にかすむ蝶よ虎よ、如来像よ
壁に背中をあて、湯へとしたためる
湯　行　無　常
火照った体の背後に山、うむむ
銭湯の富士が噴火してみたらどうだろう
そのとき真っ裸の人々は
遠くて近い山になにを思う

わぁ
体を洗わずに湯船へ突入したこともあった
体が温まる前に飛び出したこともあった
小便だってしたかもしれない、ゆるせ
盤石の構え、フルーツ牛乳
さだめし貴様は甘かろう、水際立ったひと息
古びた扇風機が、息と拮抗して
今日も湯あがりの人々を吹き流す
またひとたびの浮世だ、木綿布の男女にまつわる喜びよ
まだ湯はあるか、この、裸の島

やわらかくてわずかに苦い

わかるという熱も
わからないという熱も、感じない、として
わかるとわからないが交差する場でしか会えないものに
焦がれる
それはとてもやっかいな熱だ
会いたい、そう思えば体温が上昇して
約束もしていないのに、出かけてしまう
交差点

切先の美しいきらめきと、醜い照り返しがあって
蒸発する汗が熱を奪う、その道理
わかることを求めすぎる生存の現場で、芯から冷たくなってゆく
会いたいと思うことは
世間に咎められるほどの罪ではないが
天の一角を切り取って
その下を逢瀬の場とするには
正直な速度の自転車が多すぎるのだ、この交差点
危ない!
無灯火で、けたたましくベルを鳴らして
顔も見せずにすれ違う
点滅する信号機の下
深層で、複数がひとつになって
ライトのスイッチを入れる命令が、はじかれている

危ない！
恐ろしい速度で
無灯火の自転車はひた走る
怒りと嘆きと無感覚に支配された満員電車でも走る
足を踏んで、踏まれて、破局して
舌打ちと呻き声
接触と衝突に痛んだ体で、交差点を走る
会いたい
振り回されてひっぱたかれてもいい
見えないもので満たされた身体中を駆け回ってでも、会いたい
全速力で
わたしの交差点を走りぬける！
わかるでもわからないでもない
複数の時間と複数の空気で満たされた

密会現場
おぼろげな違和感に、きれいな着物を着せて
息を合わせる
と、いのちがざわめく
ためらっていたスイッチを入れるなら、ここだ
ライトに照らされる
その、やわらかくてわずかに苦い、読めない顔
ああ、やっと会えた
そう思う間もなく
頬を叩かれて
それが別れではないが
点滅する信号も元通りになる
明け方の交差点
ひとりだったわたしが複数になる時

ここにある時間と空気すべてが
生きていることの湿りに満たされて
信号は青に変わる
おはよう
完全な朝になれば
初めて会ったかのように、 はにかんだ笑顔で
きれいな着物の袖をちぎる

4

消えいるものが満ちるところ

車は林道へと這入る
葉も幹も枝も留まった鳥も
影をつくる
その道をゆく　がたがたと車が
解体へと向かう
ひとつの家を壊すのだ
まだ眠っている頭でぼんやりと考える
美しさとは崩壊までの途上にあるのだから

大雑把な話
わたしたちでさえも美しい

林道を抜けると　山間の田畑
強い風が
稲穂を狂ったように震わせて
操っているように見える　けれど
しなやかに反抗しているのだろう
指のささくれを毟って
滲んだ血をなめる　と
ものすごい勢いで虫が
フロントガラスにぶつかって　大きく跳ねて
それでも飛びつづける　その先
煙突から噴きあがる白煙が

不思議なくらい
あっという間に消えて見えなくなる
だからどうした
坂を越えると古い木造家屋

軍手をはめる手
時計回りに準備される道具
この肉体には流れる汗があり
汚れた皮膚には流す資格があるだろう
無愛想な息を吐いても
熱のある屋根ではすべらかに動け
瓦がゆっくりと地上へ落下して
砕けてバラバラになる
元の意味を失う

最後はガラ袋へ投げ込まれる
でも　最後ではない
最後はない
錆びて曲がった釘ですらも
切断されたコードも
割れたタイルも
煤けた梁も
最後ではない
真っ黒になる軍手
本当に大事なものはその下に隠せ
真新しく見える皮膚の上に
差し入れのお茶をもらう
その時見た空が
なにもないみたいな　すごい青空だった

美しく描いてはいけない

白々しさを突き抜けて
やがてわたしたちは星に達す

古い骨を駆け引きに使う
その副作用
熱にうなされて、ふらふらになって
抜き取られた影が踊らされるのをベッドから見ていた
口の中には苦い迷いの葉があって

どこをどう噛んでも苦いのに
水はどこにもない
だからといって
星の下に閉じ込められているわけではない、が
「わたしたちはわたしを知らない」
その正確さに押し出されて
いつの間にか壁の前に立っているのだ
「わたしは共鳴しない」
けれど、感じた体温は信じて
新しい骨になるまで
白々しい取引はもうやめようと決めた

星はまだ遥か先
隠された記憶の秘密を探る

喉の渇きに目を覚ます、真夜中
鏡越しの世界にぞっとして窓を開ければ
ぼやけた視界にゆがむ、抜き取られた影たちが
彗星の尻尾を追いかけて、逆立って、消えてゆくのが見えた
「わたしは共鳴しない、わたしの影にも」
この世では、未発見の光る骨が
星々と対になって地上に広がっている、としても
それらをつなげて美しく描いてはいけない、いけないだろう
固有の痛みはその人だけのものであることを
頭の棺桶に納めて火を放つ、それから
葬儀の馬は猛然と走り去って
わたしは平熱に戻る

会ったことがないあなたと
皮膚の真裏で、今日もすれ違っている

いまもどこかで抜き取られた影が彗星を追いかけている
という感覚が、置き去りにされた体を拘束して
筋張った肉をもっとずっと硬くする
けれど
「これでやっと終わることができる」
そう呟いて目を閉じた人が、ふわりと浮遊しても
それは決して奇跡ではない、と
信じられるから
いつまでも苦い迷いの葉を、噛んでいられる
間違っても、何度でも噛んでいられる
だから毎日

怒りを鎮めるように薪を割り
星を見あげている
それだけの日々であろうと
存在の底流で
わたしだけの風変わりな火が消えることはない

乾いた鼻が潤うように
毎日、誰かのことを考えている

目覚める間際に見る夢が、日常への通路であるなら
ベッドと壁の狭間に体をゆだねて、もう一度眠りたい
悪いものはすべておやすみ
今日が始まる前に
朝霧に包まれて、誰かの骨を踏んだら

花のように広がった骨片をそのままにして
出口へ向かう

それでよかった

跳ねる豆

濡れた足にどうぞ、と声をかけられて
穴のあいた靴下を差し出される
親切が飛び跳ねて若い鹿になるなら、そこは豊かな森
そのほとり、多くの濡れた足が通り過ぎて、深い河

路上にはわだかまりのような血の塊がうずくまっていて
押しても引いても動かないから、見ることしかできなかった
遠くのほうには、この世の残光と、それに似たいくつかの消えない炎

その光景を、助太刀の言葉で語らないように
髭を剃り、馴染みのない店に入る
心にはいつも無知があって
ひとりよりもふたり、そう思うこともあった

わたしたち、どうしてここにいるのだろう
跳ねる豆
まだ若い鹿のように
夜空に吠えることも青空をきれいな目で見ることもできる
かつてそこにあったものが、豆の内側にあって
木洩れ日の柄を描いていた
森の日陰へ帰るために

どの世紀にも身震いがあり

遠近法の狂った風景の中で、巨大なわたしたちは夕日を眺めている
肩で息をして、不自然な興奮で闇雲に森を駆けて
知らないが、知っていることを
ばしゃばしゃと洗いたがっている、のか
わたしたち、どうやってここへ来たのだろう
跳ねる豆
見えるのは、水面に浮かぶまだ若い鹿の背中、白い斑点

穴のあいた靴下を履く
地図の上には忘れられた眠りがあり、冷たい山々がある
豆は瞬きをしない、から
山々は恥ずかしさに混乱して、怒る
深い河に映るその像が、流れる鹿に切られて
重なったわたしの顔も水面にゆがむ

多くの手が心をつかんでは離れてゆく、消えない指紋を残して
通り過ぎてゆく、無数のくちづけが時を重ねてゆるやかな波になるまで

この席どうぞ、と声をかけられて
なんとか席を確保する
まだまだ見たいものがあったのだ
豆はどこまでも跳ねてゆく、深い河を渡って

カルメン故郷に帰る

圧縮された時の手引きが
　　　指のささくれを鎮める
（誰にもしゃべってはいけない）
かつてカルメンは言われた
　　疑い始めればきりがない、と
　封じ込めた齟齬はどこか山となって
あなた！　罪と蜂蜜を取り違えてはいないか

カルメンは微笑む
きみは読まれることが永遠に、ない、それは
群衆のねじれる密度を舐め回すような
甘美ではないとしか言えないが
私たちは嘘ではないのだ
所作に宿る約束を解放して
カルメンは踊る、カルメンら踊る、踊る！
線引きは時の頸木
やがて閉幕（夜）になれば
浸された床を拭う
（足は当然、濡れる、けれども）
ふぅーっと地平線の彼方、虜、その響き
カルメンはカルメンだから流浪の民だから
故郷はないけれどカルメンは故郷に帰る

地を離れた迷子の風見鶏が
　無風を狙って飛び立つ、そのしぐさで
　　二枚舌を鮮やかに密着する
　帰ったよ！　私たち海へ、ああ
カルメン、私は不安な断片のボール
　　海へ投げ込まれたボール
を発見した、よ
　　それは不安とは程遠い
踊り子の口から踊り出る白い吐息、だった
　そう、かの時は雨にうたれるほととぎす
　　カルメンは服を脱いだ
ハイヒールを螺旋状の橋から放り投げた

光の墓場に根を伸ばして

生まれてすぐに、いまが始まる
そぞろ歩き、偶然を守る護衛の行進
ああ、生まれた、いまもどこかで、なにかが誰かが
　増える増えるどんどん増える、ここにある迫力！
　宇宙にまで迫る、その怪力……
薄ら寒い想像に毛布をかけて
　さびしいか、そうだろう、わたしも
人と人の隙間を埋めつくす護衛に、話しかけている、その

山岳、偶然の護衛が累積する、透明な光へ
　先回りする寒さが震えを起こさせるのだ
わたしたちを吹きぬける一塊の「道連れ」が首を絞めるのだ
増える、夜毎、震え、染まる、表面に
すみません！　大事なものが消えたのですが、ですが
　寒さに気をとられているうちに見失うこともある、あるだろう
　それがいけないことだとは思わないが、この世は薄暗い
　巡る偶然は出会い、出合って、必然として
　護衛たちは刃を交える
肉体から最も遠く離れた喜びのために
　万物の偶然を守り、戦い、散ってゆく
消滅することが存在していた証しだろうか
　ありえた未来は失われる
わたしは毛布の素朴な暖かさで想像を寝かしつけて

眠る木のふりをしながら
　光の墓場に
　　根を伸ばしている
いまはいつでも偶然の果てにあって
　朝、通勤の最中にも、護衛たちの闘技場を発見する
　　　人波は震える心の流れ
　　降り積もる護衛、それぞれの頂上で
　生臭い珍味みたいな英雄が扉を開いて
更新される、ぷっくりと膨らんだ、わたしたちの最前線！
　扉から心が流れる、英雄たちも流れてゆく
　　どこへ帰るのだろう、震える心
護衛が弓を引き絞る、矢が
　ぶるぶると震える、上に、小蠅がとまって、手を擦り合わせる
　　わたしたちがまだそうであることの必然！

矢が、飛ぶ
光の墓場を通過して
先へ先へ
遠く離れてゆく
どの偶然に届くのだろう
護衛と一緒に矢を見守る

目次

装画＝宇野紘城

生《い》きているものはいつも赤《あか》い

著者
高村而葉《たかむらじよう》
発行者
小田啓之
発行所
株式会社思潮社
〒一六二—〇八四二 東京都新宿区市谷砂土原町三—十五
電話〇三（五八〇五）七五〇一（営業）
〇三（三二六七）八一四一（編集）
印刷・製本所
創栄図書印刷株式会社
発行日
二〇二四年十月二十五日